Bibliotecaria Sumisa

y otras historias

Erika Sanders

ERIKA SANDERS

Bibliotecaria Sumisa y otras historias

Erika Sanders
Serie
Dominación y sumisión erótica

Sinopsis

5

Bibliotecaria Sumisa es una novela de fuerte contenido erótico BDSM y, a su vez, una nueva novela perteneciente a la colección Dominación Erótica, una serie de novelas de alto contenido BDSM romántico y erótico.

(Todos los personajes tienen 18 años o más)

Nota sobre la autora:

Erika Sanders es una conocida escritora a nivel internacional, traducida a más de veinte idiomas, que firma sus escritos más eróticos, alejados de su prosa habitual, con su nombre de soltera.

Índice:

BIBLIOTECARIA SUMISA Y OTRAS HISTORIAS
ERIKA SANDERS

BIBLIOTECARIA SUMISA

13

"Señorita, ¿sería tan amable de mostrarme dónde están los libros eróticos?" una voz masculina dijo detrás de mí.

Me congelé, mis dedos se quedaron fijos sobre el teclado de mi computadora.

Por un momento, cerré los ojos y tragué saliva.

Sentí que los músculos bajos dentro de mí se apretaban.

Sentí que mis pezones se endurecían contra el satén de mi sostén.

No fueron sus palabras, fue su voz.

Eso es lo que me hizo.

Seguía escuchándolo incluso ahora que se había callado, y me despertó en mí ganas de la necesitada liberación.

Fue muy suave.

Como las trufas de chocolate blanco, mi panacea, deslizándose por mi garganta.

Profundo, al igual que cuando yo ...

Inhalé, lentamente soltando el aliento, mis dedos se curvaron ahora mientras trataba de mantener el equilibrio.

"Me alegraría ayudarlo, señor".

Solté un jadeo suave, pero audible, y un gemido inconfundible.

Cuando me volví, escuché mi propia respiración aguda.

Él estaba de pie al otro lado de la recepción, con unas gafas de sol todavía puestas, sus labios firmes temblando ligeramente.

Me di cuenta de que quería sonreír.

Tracé las líneas de su bigote rojo y perilla con mis ojos, mi lengua saliendo para lamerme el labio inferior incluso mientras trataba de resistir el movimiento.

"¿Los libros eróticos, señorita?"

Levanté los ojos, imaginando que ideas recorrerían por su cabeza.

"Sí, señor, por aquí".

Rodeé el mostrador, mis rodillas temblando un poco.

Me detuve para recuperar el equilibrio, maldiciéndome por usar los zapatos negros de tacón hoy.

Serían un infierno para bajar los escalones de las escaleras al piso inferior.

Sentí el calor de su cuerpo detrás de mí mientras caminábamos hacia la sección de referencia.

Mantuve mis manos fijas en mis costados, con ganas de alcanzarle.

Queriendo estar en el lugar que me correspondería detrás de él, dejando que me guiara.

Pero mantuve mi compostura profesional y procedí a abrirnos camino a través de los estantes de enciclopedias.

"Las damas primero", dijo una vez que llegamos al acceso que conducía al piso de abajo.

Puse los ojos en blanco, sabiendo que no podía verlos.

Pero una parte de mí deseaba que lo hubiera hecho.

Reprimí una risita y agarré el pasamanos, comenzando el lento descenso.

Podría ser una chica mala cuando quisiera.

"¿Había algo especial que estaba buscando, señor?"

"La sección de romance erótico. Escribí el nombre que busco en un papel. Déjeme ver si puedo encontrarlo".

Habíamos llegado al fondo sin accidentes, aunque mi talón se había enganchado en el borde de los estrechos escalones de metal dos veces.

"¿Nuevo o usado, señor? El resto de los libros de bolsillo nuevos también se almacena aquí. Solo los mantenemos arriba durante un par de meses".

"Nuevo, mejor".

"Entonces tendríamos que ir por este camino", le dije, girando a la izquierda y dirigiéndome hacia un pasillo con poca luz, mi ritmo cardíaco aumentaba con cada paso.

Su respiración se hizo más pesada mientras me seguía.

Nuestros zapatos hacían clic en el piso del sótano, el sonido amortiguado por los estantes de libros que nos rodeaban.

Sobre nosotros, una luz zumbó y parpadeó.

Tomé una nota mental para informar sobre la bombilla defectuosa.

"¿Cuál era el nombre del libro?"

"Parece que no puedo encontrar mi nota. Pero la autora comenzaba con E y de apellido Sanders, ¿Erika? Sabría el título si lo viera".

Señalé un conjunto de estantes al otro lado de la sala.

"Sería mejor comenzar por allí, entonces".

"Después de usted señorita".

Sentí su mano en la parte baja de mi espalda cuando nos acercamos a la sección correcta.

Cerré los ojos brevemente, queriendo gemir.

Me había parecido mucho tiempo desde que sentí su toque, a pesar de que solo había sido temprano esta mañana.

A través de mi blusa, podía sentir el calor de su piel quemando la mía.

"Podría ayudarte a mirar si pudieras darme una pista. ¿Una palabra tal vez?"

"Sexo. Creo que tenía algo que ver con el sexo".

Su voz era un susurro bajo contra mi oído.

Luego se presionó contra mí, empujándome hacia un pequeño escritorio al final del pasillo.

Cuando no pude ir más allá, aumentó la presión sobre mi espalda baja y me inclinó hacia adelante.

"Pero mi interés por la lectura está disminuyendo em estos momentos. Prefiero experimentarla".

Jadeé, agarrando el borde del escritorio para estabilizarme.

Mis pechos se estrellaron contra la parte superior fría y dura.

Gemí al sentir su excitación a través de sus pantalones y mi falda mientras él lentamente se frotaba contra mí por detrás.

Tragué saliva mientras su mano se deslizaba más hacia el sur, acariciando mi trasero.

Aferrándose a la falda.

Tirando de mis bragas hasta mis rodillas.

Cuando sus dedos rozaron mi coño, presionando entre mis labios hinchados, lloriqueé fuerte.

"Shhh"

Continuó acariciándome tan lentamente que era enloquecedor.

Su otra mano jugó con mi cabello, soltando el moño que me había colocado meticulosamente esta mañana.

Me mordí el labio inferior y descansé la mejilla en el escritorio.

Gimoteé de nuevo cuando su mano desapareció de entre mis piernas.

"Sé una buena chica. No te muevas".

Lo escuché desabrocharse el cinturón y bajar la cremallera de sus pantalones.

Escuché su suave suspiro cuando probablemente liberó su polla de los confines de sus calzoncillos.

Escuché mi propio corazón latir salvajemente en mis oídos.

"Ahora recuerda, señorita, estamos en una biblioteca. Escuché que hay reglas estrictas sobre hacer ruidos fuertes. Y el castigo por romper esas reglas ... bueno, estoy seguro de que estás al tanto cuáles son los deberes de ser bibliotecaria y todo eso".

Sus dedos volvieron a acariciar mi coño.

Pero algo no estaba bien.

También estaba agarrando mis caderas con ambas manos.

Gemí de alegría al darme cuenta de que era su polla frotándome allí.

Un fuerte crujido resonó cuando golpeó mi trasero desnudo, haciéndome saltar y chillar.

"Te hice una pregunta, señorita".

"Lo-lo siento, señor".

"¿Estás excitada?"

"Sí señor."

Presionó hacia adelante, su polla penetraba muy ligeramente mientras balanceaba sus caderas de un lado a otro.

Separé mis piernas lo más que pude con mis bragas todavía juntando mis rodillas.

Una vez que estuvo completamente metido dentro de mí, movió una mano hacia mi espalda baja.

Envolvió mi cabello suelto alrededor de su otra mano y tiró.

Grité y miré la fría pared gris.

Él la tenía tan grande dentro de mí, estirándome ampliamente.

Estaba jadeando mientras entraba y salía sin prisa.

Volvió a golpearme el trasero y luego volvió a inclinarme sobre el escritorio.

"Esta es una buena chica. Agradable y apretada. Muy húmeda. Como le gustan a tu señor".

Gemí, mi cuerpo rogándole que me llevara al clímax.

De nuevo, me balanceé contra él, siguiendo su ritmo.

Eso me ganó otro golpe.

"No te muevas, Pequeña. Te estoy jodiendo. Tendrás tu oportunidad más tarde. Y cállate".

Intenté no hacer ruido.

Lo intenté muy duro.

Sabía que había otras personas en la biblioteca, pero nadie solía bajar al sótano.

Pero de todos los días para que alguien deambulara por aquí, hoy podría ser el día.

Y, sin embargo, también deseaba que alguien nos encontrara jodiendo para poder abrazar ese poco de exhibicionismo escondido en algún lugar dentro de mí.

Sin embargo, cuando se zambulló y se retiró, tirando de mi cabello, no pude evitar gemir y jadear.

Gritando cuando decidió pegarme.

Me cogió por varios minutos largos.

Se sintió tan bien.

Sin embargo, en este ángulo, no podía alcanzar el orgasmo.

Y él lo sabía.

Me soltó la espalda, todavía agarrando mi cabello, y me golpeó el trasero.

Fuerte.

Siseó con su voz cuando preguntó:

"¿Te gusta eso, nena?"

Gruñí.

"¡Sí señor! Me gusta duro"

"Sí, ¿qué, pequeña?"

Me golpeó de nuevo.

Los sonidos agudos y el dolor breve cuando su mano se conectó contra mi piel desnuda compitieron con mis gritos.

Especialmente mientras continuaba empujando su gran polla en mi coño.

No pude pensar.

No pude hablar.

"Estoy esperando."

Otro golpe.

"¡Sí Amo!" Jadeé.

"Buena chica."

Su mano libre se deslizó debajo de mí y acarició mi clítoris.

Grité mientras mi cuerpo temblaba.

Pero no fue tiempo suficiente.

Su mano desapareció, y de repente se retiró por completo.

"Levántate, Pequeña, y date la vuelta".

Mis piernas estaban entumecidas mientras obedecía.

Apoyé mi trasero contra el escritorio por un momento, pero inmediatamente me puso derecha nuevamente, haciendo una mueca.

No pensé que sería capaz de sentarme por unas horas.

"Quítate la ropa."

Abrí la boca, pero la cerré cuando lo vi inclinar la cabeza hacia abajo y mirarme por el borde de sus gafas de sol.

Me desabroché la falda y me la deslicé, bajando de mis bragas en el proceso.

Me desabotoné la blusa, me la quité y agregué mi sostén a la creciente pila en el suelo.

Me miró con una sonrisa en sus labios, su lengua saliendo cada vez que revelaba más de mi piel.

Luego se aflojó la corbata y la soltó.

Dio vueltas con su dedo en el aire.

Me di la vuelta una vez más.

En silencio, tomó mis manos, jalándolas detrás de mi espalda y atándolas con su corbata.

Luego presionó mi hombro y lo volví a enfrentar.

"Reclínate."

Me mordí el labio inferior, pero obedecí.

Mi trasero todavía estaba muy dolorido, especialmente con el borde del escritorio clavándose en mis músculos magullados.

Y ahora con las manos atadas a la espalda también, no podía usarlas para sostener mi cuerpo.

"Abre las piernas. Buena chica".

Apoyó su mano izquierda sobre mi hombro derecho para equilibrarme antes de cubrir mi coño con su otra mano.

Cerré los ojos cuando dos de sus dedos presionaron entre mis labios hinchados, frotando mi clítoris.

Dejé caer mi cabeza hacia atrás y me alejé de él hacia la pared detrás de mí.

Forzó mis piernas a separarse más y levantó mi coño para que sus dedos lo acariciaran más profundamente.

Olvidé todo sobre el dolor.

Y cómo era de vulnerable si alguien nos pillara.

Todo en lo que podía pensar era en alcanzar ese precipicio y caer de cabeza después.

Estaba escalando, escalando y escalando ... gimiendo durante mi asentimiento.

"Oh, pequeña. ¿Qué te dije acerca de estar callada?"

Jadeé cuando él retiró su mano y me puso de pie.

"Arrodíllate."

Gimoteé mientras él me ayudaba a ponerme de rodillas.

Mis manos descansaban sobre mi dolorido trasero.

Los bordes de su corbata rozaban la parte posterior de mis muslos.

Todavía podía sentir el pinchazo de su toque, el calor de mi piel donde habían estado sus manos.

Mi coño se apretó por el vacío que había allí ahora.

"Abre la boca."

Incliné mi cabeza hacia atrás y dejé caer mi mandíbula.

"Buena chica."

Me acarició la mejilla con el dorso de los dedos por un momento.

Luego puso su pulgar en mi boca, lo humedeció con mi lengua y frotó su dedo sobre mi labio inferior.

"Eres tan jodidamente encantadora, mi señora. Mi chica".

Con eso, levantó su polla y reemplazó su pulgar con la cabeza de su polla.

"Lámela".

Saqué la lengua y cubrí la punta con mi saliva.

Frotó su polla de un lado a otro y alrededor de mis labios.

Y luego gemí.

"Ahora, ¿qué voy a hacer con esos ruidos que estás haciendo?"

Ahuecó mi barbilla, tiró suavemente para que me abriera más, y luego deslizó su polla en mi boca hasta que descansó en mi lengua.

"Sí, eso podría funcionar para que te calles".

Parpadeé, pero mantuve mis ojos en su rostro.

En su sonrisa pude ver mi reflejo en sus gafas y gemí de nuevo.

Empujó su polla más profundamente en mi boca, haciéndome sentir arcadas.

Se retiró lentamente y luego volvió a entrar.

Una y otra vez llenó mi boca, su piel rígida se frotó contra mis labios húmedos.

Se retiró por completo y golpeó su polla contra mis labios un par de veces.

"Toma una respiración profunda."

Cerré la boca y tragué, probando mis propios líquidos y su precum en mi lengua ahora, y luego la abrí de nuevo.

"Qué buena chica".

Él procedió a deslizar su polla en mi boca nuevamente, sus manos a cada lado de mi cabeza.

Luego empujó sus caderas de un lado a otro, follando mi boca como lo había hecho con mi coño.

Continuó por varios largos minutos, agarrando mi cabello con una mano ahora, sosteniendo mi cabeza hacia atrás.

De vez en cuando, me decía que chupara o lamiera solo la corona.

Y se detenía a veces, enterrado su polla tan profundamente que podía sentirla en mi garganta y podía sentir sus bolas contra mi barbilla, el olor picante de su masculinidad invadiendo mi nariz.

Se agachó y me pellizcó el pezón o acarició mi pecho varias veces, pero nunca se demoró demasiado, siempre volviendo a llenarme la boca con la polla a la profundidad y velocidad que deseaba.

Me quejé y lloriqueé, pero los ruidos que hacía ahora estaban amortiguados.

Y todo el tiempo, susurraba palabras de aliento.

"Esa es la buena chica de tu señor. Dios, se siente tan bien tener tu boca envuelta alrededor de mi polla. Sí, nena. Así. Mmmm. Sigue así".

Con todo este movimiento, mis lentes se deslizaron por mi nariz.

"Mírame, Pequeña. Oh bebé, estás tan jodidamente caliente así. Mi polla en tu boca, tus ojos en mí. Estás tan indefensa, a mi merced. Y esos lentes. ¡Oh, mierda!"

Él me folló un par de veces más, y luego sentí su leche caliente golpear el fondo de mi garganta.

Mantuvo mi cabeza quieta, su polla presionando contra mi lengua y el paladar de mi boca.

Cuando terminó, dijo:

"Lámelo. Déjalo limpio, nena".

Hice lo mejor que pude sin usar mis manos.

"Esta es mi buena chica".

Me acarició el pelo hasta que estuvo satisfecho.

Me ayudó a ponerme de pie y me sentó sobre el escritorio.

Antes de que pudiera reaccionar, hundió una mano en mi coño y cubrió mi boca con la suya, silenciando mi grito de sorpresa.

Su otra mano cubrió uno de mis senos y finalmente acarició mi dolorido pezón debajo de su palma.

"Córrete por tu señor, nena", susurró cuando me dejó respirar.

Luego me estaba besando otra vez, empujando su lengua contra la mía al mismo tiempo que sus dedos jugaban con mi clítoris.

Esta vez, subí ese acantilado y finalmente me caí, mi cuerpo temblando debajo de él.

Se tragó mis gritos, su cuerpo cubrió el mío, presionándome contra el escritorio y la pared, hasta que me quedé quieta debajo de él.

Parpadeé cuando él dio un paso atrás, guardó su polla y se alisó la ropa.

Me ayudó a ponerme de pie nuevamente y me desató las muñecas.

"Vístete, pequeña. Arregla tu cabello".

Recogí mi ropa del suelo aturdida.

Rápidamente me recogí el pelo en un moño y me enderecé las gafas.

Una vez que volví a estar arreglada, tomó mi mejilla y me sonrió.

"Ahora, sobre ese libro que estaba buscando ..."

Me aclaré la garganta y saqué un libro al azar del estante.

"Creo que este es el que quería, señor. Estuvo aquí a la vista todo el tiempo".

"Qué razón tienes, señorita. Estoy tan contento de que haya una bibliotecaria bien competente cuando se la necesita".

"En cualquier momento que quiera, señor", le sonreí y salí de las estanterías. "En cualquier momento que quiera estoy para servirle en lo que necesite."

DESEO SEXUAL

25

Mi amor, quiero que te sientes frente a tu computadora y muestres una imagen, una pieza visual, como un coño.

No la cara y el cuerpo, solo las rodillas dobladas y las piernas abiertas.

Con unos largos y hermosos dedos elegantes que separen los labios vaginales ligeramente.

Imagina que entro y me siento sentado en este escritorio completamente vestido.

Pero como tu silla tiene brazos, coloco mis pies vestidos con zapatos de cuero negro de tacón alto, envoltura hasta el tobillo y puntas puntiagudas a cada lado de ti.

Te echás hacia atrás y sonríes y yo me recuesto sonriendo también.

Levanto mi delgado vestido negro y sedoso y ves que me faltan las bragas y el brillo de mi humedad en mi rajita ya se nota.

Verás la punta de un corsé negro al que también están unidas las medias.

Levanto mi vestido con ambas manos hacia arriba, lo paso sobre mi cabeza y te descubro el corsé de cuero de solo unos pocos centímetros de ancho.

Mis pezones están erguidos y altos mientras sobresalen por la parte superior.

Te inclinas, pero estoy yo aquí para jugar contigo y uso mis zapatos puntiagudos para mantenerte dónde estás.

Veo una polla notablemente creciente que necesita salir de sus pantalones y te pido que los desabroches.

Paso mi lengua por mis labios en toda su longitud, sonriendo, mientras deslizas hacia abajo los pantalones.

La cabeza de tu polla sobresale de tus boxers y también ésta tiene un poco de demandante brillo.

Está así por una buena razón.

Esta vista de tu polla erecta me enciende de repente y te pido que me lamas.

Te inclinas hacia adelante y lo haces, separando mis labios ligeramente para buscar mi clítoris.

Lo tomas en tu boca, por lo que sobresale un poco más.

Solo necesitaba ese toque de tu lengua para ponerme a cien.

Mientras me acomodo, te pido que tomes tu polla con tu otra mano y te la acaricies ligeramente.

Lo haces, pero puedo decirte que necesitas más, esto no es suficiente.

Te obligo a ponerme de rodillas para tomarte de lleno en mi boca, alternando en lamer de la base a la parte superior, de arriba a abajo y volviendo a las bolas, lamiendo el interior del lugar donde se encuentra la entrepierna.

Te gusta lo que ves cuando estoy arrodillada, mi culo está tan delgado como unos pocos centímetros de ancho y mi ano se muestra ajustado y acogedor.

Vuelvo a levantarme porque me estoy acercando demasiado al clímax.

Te pongo de pie y los pantalones bajan más allá de las rodillas.

Sigues con los zapatos puestos, la corbata aún atada pero la camisa desabrochada hasta abajo.

Me encanta necesitar ver tanto como pueda de tu piel.

Ahora que estás de pie te pido que me des la espaldas.

Que abras las piernas lo suficiente como para arrodillarme detrás de ti.

Mi lengua te lame tus piernas, lamiendo tus bolas y hasta la rajita de tu culo, lamiendo y girando lengua alrededor de tu ano.

Saco de mi bolsa un vibrador y le pregunto si puedo usarlo en contigo, pero antes de que contestes, te lo pongo contra la piel.

Con mi boca he ido dejando saliva en todo tu culo para que tengas lubricado todo.

Lo pongo a baja velocidad y lo paso por tus bolas y entre las bolas y tu agujero del culo.

Mi otra mano pasa por entre tus piernas y agarra tu polla, acariciándola y avivándola.

El vibrador se siente bien en tu culo.

Lo pongo al lado de tu ano y deslizo una de las dos puntas, la delgada, que es mi favorita también.

Ésta se desliza hacia adentro y pongo la otra punta más hacia el centro, detrás de tus bolas, nuevamente, viendo cómo la sensación te lleva a otro nivel.

Tus manos están agarrando el escritorio y tus ojos están cerrados cediendo a lo que yo quiera hacer.

Pero me quedo así, acariciando un poco mientras dejo que el zumbido te haga preguntarte qué pasará después.

Me detengo abruptamente y te digo que te des la vuelta.

Lo haces y tu cara está sonrojada.

Estabas disfrutando mucho esto y acercándote al estado que quieres.

Pero prefiero bajar el ritmo para llevarte de vuelta a mi boca.

Estoy tan caliente como el Infierno y estoy perdiendo un poco de control.

Así que te hago sentar de nuevo y me arrodillo frente a ti y te pido que te acaricies, pero despacio.

"Acaríciate mi amor".

Mientras me arrodillado frente a ti y me recuesto sobre mis talones.

Enciendo el vibrador y lo froto en el exterior de mi vagina, sobre el clítoris.

Esto me lleva menos de un segundo para alcanzar el orgasmo.

Tengo las piernas y las rodillas abiertas y echo la cabeza hacia atrás, extendiendo mi coño con las manos queriendo que veas los músculos de mi orgasmo moviéndose.

Sostengo el vibrador hasta que termino y mis propios jugos se derramen.

Te miro y te estás masturbando, aumentando el ritmo.

Tu ritmo se ha acelerado y es tan excitante que me arrodillo, rogándote que te corras por mi cara y mi pecho.

Y sí, ciertamente, así lo haces.

Veo como salen los chorros de tu leche hacia mí.

Pero, acabas lanzando los chorros a la pantalla de la computadora y sobre el teclado.

Nos despedimos hasta otro momento y apagas la webcam.

HÚMEDA BIENVENIDA

31

Glenn llega a casa después de un duro día de trabajo y deja su maletín y su abrigo junto a la puerta.

Él se encuentra que la casa está inusualmente tranquila pero no le presta demasiada atención y se dirige a la habitación.

Mientras sube las escaleras, huele el maravilloso aroma del perfume de su amada esposa Susan.

Cuando llega al rellano, oye unos débiles sonidos de música escapando levemente a través de la puerta de su habitación.

Asegurándose de no hacer ningún ruido, abre la puerta lentamente.

"¿Susan?" dice con una voz masculina bastante profunda.

A medida que la puerta se va abriendo cada vez más, la visión de su cuerpo desnudo acostado en la cama lo hace temblar.

"Si nene." ella dice en una voz sensual.

Él comienza a acercarse hacia la cama, pero ella le indica que se detenga.

Desconcertado, hace lo que le indica sabiendo que ella tiene algo en mente.

Ella se levanta de la cama.

Su cuerpo se mueve con mucha gracia.

No puede evitar estar fijo en su delicioso pecho moviéndose ligeramente mientras ella camina hacia él.

Siente que su polla se endurece cuando pasan por sus pensamientos "Ella es tan hermosa".

Ella extiende sus manos y le desabrocha el cinturón.

También los pantalones, los desabrocha y se los baja.

Esto lo hace temblar de emoción.

Como ella lo ve tan emocionado, se sonríe y tira de sus boxers hacia abajo con una necesidad hambrienta de chupar su miembro duro.

Ella coloca suavemente sus manos sobre su ahora erecta polla, acariciándola lentamente.

Luego saca la lengua y lame la cabeza antes de colocársela en su boca.

Él gime cuando ella comienza a chupar su polla dura.

Moviéndola hacia dentro y hacia fuera de su boca cada vez más rápido.

Luego vuelve lentamente a un ritmo bajo y gira su lengua alrededor de la cabeza mientras lo acaricia con la mano.

Él gime mientras su mano acaricia la cabeza rosada de su polla.

Luego lame sus bolas hasta la punta de su polla.

Ella se lo saca de su boca y se levanta para besarlo apasionadamente mientras le quita la camisa.

Él envuelve sus cálidos brazos alrededor de ella, acercándola a él, sintiendo sus senos presionados contra su pecho.

Mientras se besan, sus manos corren por su cuerpo sintiendo su piel suave bajo las puntas de sus dedos.

Sus manos se mueven sobre su trasero y lo aprieta con fuerza.

Él la levanta por el culo envolviendo sus piernas alrededor de su cintura y se mueve hacia la cama.

Él la acuesta suavemente y se mueve encima de ella.

La besa profundamente bajando hasta su cuello y pecho.

Lentamente lame alrededor de su seno derecho cada vez más cerca de su, ahora, pezón erecto.

Él coloca su pezón en su boca y lo chupa mordiéndolo suavemente.

Moviéndose hacia el otro seno, él se agacha y comienza a frotar su clítoris, lo que hace que ella aumente su respiración y comience a gemir ligeramente.

Él frota más rápido mientras besa su estómago enfocándose en su ombligo.

Ella siente que se moja mucho y su respiración se acelera.

Él besa su lindo montículo y luego reemplaza sus dedos con su lengua.

Chupando y mordiendo suavemente su clítoris.

Esto la envía a una ola de placer, gimiendo.

Luego inserta un dedo que pasa por los labios de su coño hinchado hacia ese lugar secreto y resbaladizo.

Él desliza su dedo dentro y fuera lentamente y luego se apresura insertando otro dedo más mientras ella gime.

Él continúa concentrándose en chupar su clítoris mientras sus dedos golpean preciosamente ese lugar tan especial en su interior que sabe que la vuelve absolutamente loca.

Ella gime en voz alta y siente un hormigueo desde la pierna derecha hacia arriba y alrededor de su cuerpo y que sale hacia su pierna izquierda.

"¡Oh bebe!" ella gime, "¡Eso se siente tan bien!"

Glenn sabe que, si continúa así, ella definitivamente irá al límite, por lo que se ralentiza y besa su cuerpo de regreso para devorar su boca.

Comparten un beso apasionado.

Sus lenguas bailando juntas.

Quitando sus dedos de su coño ahora empapado, comienza a masajear su seno derecho.

Sus gemidos reprimidos por los besos.

El beso se rompe y ella le susurra al oído:

"Te necesito dentro de mí, cariño".

La mención de su polla dura deslizándose en el coño mojado de su amada lo hace gruñir de lujuria y se mueve encima de ella.

Abriendo sus piernas con sus caderas, se posiciona para entrar en ella.

Jugando con ella, inserta solo la cabeza y luego se retira lentamente.

"Por favor dámelo todo." ella le suplica, pero él prevalece y sigue el ritmo del juego metiendo solo la punta y retirándola cuando ella comienza a gemir.

Finalmente, en un punto inesperado, conduce a su miembro duro hasta el final para hacerla chillar.

Él comienza a empujar dentro y fuera de ella lentamente con golpes largos y duros.

Él comienza a acariciar más fuerte y más rápido tirando de su trasero para una penetración más profunda.

"Oh, Dios, te sientes tan bien dentro de mí. Te amo tanto cuando follas mi coño".

A esto gruñe y se retira de repente.

Él le hace un gesto para que se dé vuelta y ella lo hace rápidamente con un salto de emoción.

Él sabe que entrarla por detrás es una de sus posiciones favoritas y también a él le encanta dárselo así.

Él le inserta su polla y comienza a empujar duro y rápido.

Ella gime en voz alta, diciéndole más fuerte.

Le encanta follar a su encantadora esposa, así que comienza a ser más duro con ella.

Su cuerpo y bolas golpeando contra su culo ahora rojo.

Ella comienza a empujar de vuelta a sus empujes, haciendo que su polla se introduzca aún más adentro.

Ambos gimen de placer.

"Oh, me voy a correr, nena. ¿Estás lista para mi leche?"

"Oh, sí bebé, yo también me voy a correr".

Unos cuantos golpes más y Susan grita de placer y su cuerpo comienza a temblar cuando su orgasmo la está abrumando.

Glenn siente que las paredes de su coño comienzan a ordeñar su polla y ya no puede aguantar más.

Gruñendo su nombre, él dispara su esperma caliente profundamente dentro de su coño ahora cremoso y húmedo.

Susan, exhausta por su explosión, descansa sobre sus codos cuando siente que le arroja unos chorros más de semen dentro de ella.

Satisfecho, e intentando no caerse sobre ella, se retira lentamente de su coño y la agarra por la cintura tirando de ella hacia la cama con él.

Se miran a los ojos, ambos nublados por los poderosos orgasmos que acababan de atravesar sus cuerpos hace apenas unos segundos.

Una satisfacción de conocimiento mutuo persiste en la habitación mientras los dos se duermen en los brazos del otro.

VESTIDA PARA LA OCASIÓN

37

El silencio de la noche la rodeó, presionándola con su serenidad, intentando calmar su ansiedad.

Sin embargo, eso no podía calmarla.

Sentimientos desenfrenados a los que no estaba acostumbrada, y que nunca antes había experimentado, surgieron en su cuerpo, poniéndola nerviosa.

Sus tacones chasquearon suavemente a lo largo del camino pavimentado mientras miraba hacia el cielo.

¿Por qué va a ir allí esta noche?

¿Por qué se había vestido de esa manera?

Podía sentir el poder que su mirada tenía sobre ella.

Ella suspiró y permitió que su mente no siguiera pensando sobre los eventos que podrían pasar esta noche.

* * *

Se sentía como si cada mirada estuviera en ella mientras entraba al local.

Sus zapatos de tacón de aguja chasquearon contra el piso de madera dura mientras pasaba por la pista de baile y se acercaba al bar.

La falda de su atuendo rojo y negro se balanceaba de lado a lado con cada paso, la franja roja fluía contra su rodilla mientras que el negro descansaba unos centímetros por encima.

La blusa colgaba suelta de sus hombros, bajando por sus senos, rebotando lo suficiente como para llamar la atención con cada paso que daba y mostrando una generosa proporción de piel.

Y sin brassier.

Ella sabía cómo se veía con este atuendo.

Parecía una zorra.

Había terminado el look con una gargantilla de encaje negro alrededor del cuello y solo un toque de lápiz labial rojo.

Se sentó entre un hombre y una mujer, y le sonrió al camarero.

"Hola James"

"Samy. Qué bueno que es verte de nuevo". Él dejó que sus ojos se deslizaran sobre ella lentamente por su cara y senos. "Muy bueno, de hecho. ¿Y para quién es la ocasión?"

Ella negó con la cabeza y sonrió, haciendo que un mechón de rizo cayera sobre su oreja.

"No hay ocasión. Simplemente tenía ganas de vestirme así".

Él estiró el brazo por encima de la barra y colocó el rizo detrás de su oreja.

Sus dedos rozaron el costado de su mejilla y ella casi olvidó cómo respirar.

"Deberías vestirte así con más frecuencia".

"Quizás lo haga."

"Saldré de trabajar ahora en la noche alrededor de las once. ¿Te gustaría bailar después?"

Ella asintió lentamente, incapaz de apartar su mirada de la de él.

Con una precisión muy lenta, se inclinó sobre la barra y acercó sus labios a los de ella, profundizando el beso lo suficiente como para hacerla querer más antes de que él se alejara.

"Unos veinte minutos."

* * *

Esos veinte minutos nunca habían parecido más largos en la vida de Samy.

Ella observaba todo a su alrededor todo el tiempo consciente de cada movimiento que él hacía sin siquiera mirarle.

Era como si sus sentidos estuvieran sintonizados con su cuerpo, pero aun así ella saltó cuando él la tocó en la parte posterior del hombro.

Se había desabrochado el cuello de la camisa negra y le estaba sonriendo, tendiéndole la mano.

"Creo que me debes un baile".

Cuando ella colocó su mano en la de él, fue como si una pequeña descarga de electricidad atravesara su cuerpo.

Él sonrió cuando la llevó a un rincón de la pista de baile y luego la acercó a su cuerpo cuando la canción cambió.

Era lento y seductor, y el latido de él parecía coincidir con su corazón, mientras se apretaba contra él.

Y ya así de pronto ella fue muy consciente de los contornos duros que ondulaban contra su cuerpo blando.

Ella deslizó sus brazos alrededor de él, presionando sus suaves curvas traseras con sus manos mientras se balanceaban de un lado a otro.

Se inclinó y presionó sus labios contra los de ella, separándolos suavemente y seduciéndola con su lengua.

Su mano se deslizó más abajo sobre su espalda, descansando sobre su cadera, deslizándose lo suficientemente bajo como para acariciar una mejilla del culo mientras tiraba de su parte inferior del cuerpo contra la suya.

Ella jadeó al sentir lo fuerte que él realmente estaba presionando contra ella y podría haber jurado que lo escuchó gemir.

Pero justo cuando lo hizo, el otro camarero lo llamó y él suspiró, bajando la cabeza hacia atrás.

"Samy ... ya vuelvo. Juro que lo haré. No vayas a ningún lado".

Ella asintió algo tontamente mientras se alejaba de la pista de baile y entraba en un reservado aislado.

Vio que James regresaba al bar y se inclinaba sobre él nuevamente, hablando con Joseph.

Joseph era el barman sustituto de la noche.

Siempre se hacía cargo cuando James se retiraba.

Cuando vio a una rubia alta y de piernas largas unirse a ellos, se dio cuenta de algo.

Ella no era ese tipo de chica.

No tenía idea de lo que estaba haciendo.

James era el tipo de hombre que siempre tenía disponible a cualquier chica, cualquier chica alta, rubia y súper sexy.

Y ella era bajita, morena y latina.

Ella salió corriendo.

Tan rápido y silenciosamente como pudo.

Se dirigió hacia la puerta y cuando miró por encima del hombro vio a la rubia inclinarse cerca de James y deslizar sus dedos por su brazo.

Ella suspiró y sacudió la cabeza mientras continuaba su camino.

No sería bueno detenerse a pensar en ello.

Le empezaban a doler los pies por los tacones, así que se los quitó y se apartó del camino empedrado, dejando que sus pies la guiaran hasta la orilla del río que conocía tan bien.

Metió los pies en la orilla del río y simplemente miró el agua durante mucho tiempo.

"¿Qué estaba pensando?" Ella finalmente murmuró.

"Eso es lo que me gustaría saber".

Ella casi gritó cuando se dio la vuelta.

James estaba de pie detrás de ella, con los brazos cruzados con enojo y frunciendo el ceño.

Pero el ceño fruncido lentamente se fue reemplazando por una mirada de confusión y preocupación.

"Samy, estás llorando. ¿Qué te pasa?"

Ella apartó la vista de él y cruzó el río hacia la otra orilla con césped.

"No debería haberlo hecho. No debería haber venido al bar esta noche vestida así. No debería haber pensado que tenía una alguna oportunidad".

"Samy, ¿de qué demonios estás hablando?"

Él se acercó y dejó caer su mano sobre su hombro.

Ella estaba temblando, tenía frío.

Él se quitó apresuradamente el abrigo y se lo echó sobre los hombros, colocándose detrás de ella para frotarle los brazos.

"Te veías hermosa alá dentro. Creo que olvidé cómo tenía que respirar cuando entraste".

"He visto a las mujeres con las que usualmente estás. No soy como ellas, James. No soy elegante ni super sexy. No soy rubia, ni alta, ni de piernas largas, ni tengo un cuerpo perfecto como ellas. No tengo solución en contra de eso. Ni siquiera sabía lo que estaba haciendo ". Ella terminó en un susurro.

"¿En serio? Podrías haberme engañado allá dentro".

La giró hacia él y se inclinó hacia adelante, presionando sus labios contra su cuello.

Ella se estremeció.

"Tu cuerpo se sentía perfecto cuando me presionaste contra ti en esa pista de baile".

Levantó la mano y ahuecó su pecho, trazando el contorno de su pezón a través de su blusa.

La hizo temblar un poco.

"Seguro que éstos parecían saber qué querían hacer cuando nos estábamos besando y presionando juntos".

Se inclinó sobre ella y la obligó a tumbarse hasta que estuvo acostada en el suelo.

"Déjame mostrarte, Samy. Déjame demostrarte que eres más de lo que crees".

Sus labios se deslizaron contra los de ella antes de deslizarse por su cuello y sobre la delgada blusa que cubría sus senos.

Su aliento quedó atrapado en su garganta cuando los labios de él encontraron primero un pezón y luego el otro, chupándolos lentamente mientras ella se arqueaba en su toque.

Sus dedos encontraron hábilmente el dobladillo de su blusa y comenzaron a subirla lentamente, provocando a su piel cuando se reveló.

La levantó más allá de sus senos y la sostuvo justo por encima de ellos mientras besaba su seno derecho, saboreando su piel.

Ella gimió cuando James finalmente acercó sus labios a la cresta de su seno, tomando el pezón entre sus dientes y tirándolo suavemente antes de succionarlo.

Ella gimió aún más fuerte cuando su mano comenzó a amasar su otro seno, rodando su palma sobre su pezón repetidamente.

"¿Ves?" Él respiró contra su piel. "Eres la mujer perfecta".

Él comenzó a besarla en su camino hacia abajo, trazando círculos alrededor de su ombligo con su lengua.

James le sonrió mientras alcanzaba su falda y, en lugar de bajarla, la empujó hacia arriba.

La parte delantera se dobló hacia atrás y en el momento siguiente estaba colocando besos suaves y juguetones a lo largo de su montículo caliente por encima de las bragas.

Ella ya estaba húmeda.

Podía sentirlo a través de sus bragas mientras frotaba su nariz contra ella.

Ella tembló debajo de él y él le acarició suavemente con los dedos de arriba a abajo mientras usaba los dientes para deslizar las bragas hacia abajo.

La besó de nuevo, sin barrera ya entre sus labios y su coño.

Él comenzó a deslizar su lengua a lo largo de su hendidura y ella gimió, sus caderas arqueándose desenfrenadamente de modo que él presionó su lengua profundamente en ella, trazándola sobre su clítoris.

Samy gimió y se arqueó contra su lengua, el placer la recorrió mientras él rozaba sus dientes contra su clítoris y deslizaba un dedo dentro de ella.

"Mentí", respiró contra su clítoris. "No solo olvidé cómo respirar".

James succionó suavemente su clítoris, su dedo bombeando dentro y fuera de su tensión.

"Casi me vengo en los pantalones con solo de verte antes".

Los dedos de ella se agarraron a su cabello, y él sonrió contra su coñito mientras deslizaba un segundo dedo dentro de ella, pasando su lengua sobre su clítoris repetidamente hasta que su cuerpo temblaba bajo su boca.

Sus dedos la acariciaron, adentro y afuera, excitándola, persuadiendo a su cuerpo para que respondiera hasta que ella se balanceara contra su mano y lengua.

"James", su voz casi falló cuando se retorció en su mano. "¡Por favor no te detengas ahora!"

Salieron sus palabras en un suave tono de complicidad, pero rápidamente subió de volumen cuando ella gritó de placer.

Él estaba mordido suavemente su clítoris y ahora lo estaba chupando con fuerza, y sus dedos empujando con fuerza dentro de ella tomando su clímax.

Él ansiosamente lamió sus jugos y cuando el temblor de su cuerpo se desaceleró,

Cuando acabó, se movió por encima de ella.

Él sonrió y apoyó su frente contra la de ella, dejando que su cuerpo rozara el de ella mientras la miraba a los ojos.

"Te lo dije, eres tan mujer como ellas, si no más".

Sus ojos brillaron con algo que podría haber sido de duda mientras miraba a los ojos de James, pero luego dejó que sus dedos recorrieran su pecho y bajaran al bulto duro en sus pantalones.

"¿Es por eso por lo que lo tienes tan duro?

¿Porque soy una mujer así como ellas?"

Sus dedos rozaron arriba y abajo contra su polla, y él no pudo evitar el gemido que se deslizó más allá de sus labios.

Sin embargo, no tuvo oportunidad de responder ya que los labios de ella encontraron los suyos y cualquier pensamiento fue borrado de su mente.

Sus dedos se deslizaron hacia su pecho y hábilmente comenzó a desabotonar su camisa.

Rápidamente la sacó de sus pantalones y le empujó a un lado mientras tiraba de su camisa para quitársela completamente.

El botón de sus pantalones se abrió con un tirón y la cremallera se deslizó casi por sí sola.

Ella le bajó los pantalones y los boxers lo suficiente como para liberar su polla y envolvió su pequeña mano alrededor de ella, acariciándola lentamente para que él gimiera y se apretara ansiosamente contra su mano.

Él gimió de molestia y se puso de pie, quitándose los pantalones y los boxers en un solo movimiento y volviéndose hacia ella.

Ella ahora estaba de rodillas y le sonrió mientras una vez más envolvía su mano alrededor de él.

Él se inclinó sobre ella haciéndole unas caricias lentas, cerrando los ojos.

Al momento siguiente, sin embargo, los abrió cuando los labios de ella se envolvieron alrededor de su polla, moviéndolos lentamente hacia arriba y hacia abajo sobre su miembro duro.

Él puso ahora sus manos en la parte posterior de su cabeza y lentamente comenzó a empujarla dentro y fuera de su boca, gimiendo mientras ella lo chupaba con cada movimiento.

Los golpes suaves no tardaron mucho en volverse rápidos y cortos, Samy lo chupaba más fuerte cuanto más rápido él le movía la cabeza.

Su mano estaba acariciando sus bolas, haciéndolas rodar hacia adelante y hacia atrás mientras su boca se apretaba alrededor de él.

Cuando ella estaba jugando con su lengua en la cabeza de la polla, él explotó en su boca.

Ella tragó rápidamente cuando él le mandó su chorro, apretando la boca y la garganta contra su polla haciéndole correrse aún más fuerte y con más chorros, hasta que finalmente se agotó.

Deslizó la polla de su boca lentamente y dejó que su mirada cayera al suelo.

Cayó de rodillas delante de ella, colocando su mano contra su mejilla.

Estaban a solo paso de distancia cuando el dedo de James trazó el costado de su rostro, hundiendo su dedo debajo de su barbilla y levantó sus ojos hacia los de él.

"No hemos terminado aun".

Su voz fue tan baja que le dieron escalofríos por la espalda mientras lo miraba maravillada.

Se inclinó y presionó sus labios contra ella, profundizando rápidamente el beso.

Cuando su lengua se deslizó más allá de sus labios, una mano se deslizó detrás de ella, acercándola contra él para que fueran carne con carne.

Sus pezones presionaron contra su pecho gozosamente, y su nueva erección presionó con fuerza contra sus abdominales inferiores.

Ella se movió y frotó su cuerpo a lo largo de él lentamente, haciéndole gemir cuando su beso se volvió febril.

La recostó de nuevo y deslizó su falda por sus piernas.

Él la miró por un largo momento antes de moverse.

Él se inclinó sobre ella otra vez y le dio un ligero beso en el vientre, justo encima del ombligo.

Él sonrió contra su piel cálida y comenzó a besarse hacia arriba, a la inversa de sus acciones anteriores.

Sus labios apenas juguetearon contra sus senos antes de asentarse en su cuello y acariciar su latido.

Él palpitaba entre sus piernas, su miembro presionando contra su rajita húmeda mientras ella envolvía sus piernas alrededor de su cintura y él deslizaba sus brazos alrededor de ella.

En un rápido movimiento, James estaba sentado con ella en su regazo y, si esto fuera posible, presionando aún más su verga contra ella.

Ella se retorció un poco y él gimió.

La besó hasta llegar justo debajo de la oreja y tiró suavemente de su lóbulo.

"Dime, Samy, ¿lo quieres?"

Su aliento era caliente contra su piel y ella temblaba.

"¿Quieres mi polla grande y dura enterrada en tu interior?"

La respuesta de Samy sonó casi como un gemido mientras se frotaba contra él.

"Sí. Por favor, James, he querido esto desde ..." pero ella rápidamente se detuvo, un sonrojo aún en sus mejillas y miró hacia otro lado.

James no tenía idea de eso.

Forzó su mirada de nuevo a la suya y apoyó su erección contra ella.

"Termina lo que estabas diciendo".

Ella gimió y sus uñas se clavaron ligeramente en su piel.

"He querido esto desde que te conocí".

"Entonces dime qué tanto lo quieres".

No fue una demanda, más bien una petición mientras él deslizaba sus dedos por sus senos, amasando lentamente su carne.

Podía sentir su calor irradiando contra su polla, y estaba haciendo todo lo que podía para no simplemente arrojarla y tomarla.

Su respuesta lo sorprendió, y destrozó todo el autocontrol que había estado usando.

"No lo quiero. Lo necesito, James".

Sus ojos estaban fijos en los de él ahora, y él gimió suavemente contra su piel mientras ella se apretaba más.

"Lo necesito tanto, lo he soñado tanto tiempo. Por favor. Necesito que me folles".

No podía negarle eso más.

No pudo contenerse más después de eso.

La levantó hasta que la cabeza de su polla se presionó contra su abertura y luego rápidamente la dejó caer sobre ella.

Ambos gimieron.

Su coño estaba tan apretado alrededor de su polla que cuando él comenzó a moverla hacia arriba y hacia abajo sobre su miembro, y su longitud dura parecía aún más grande encerrada dentro de ella.

Ella gimió y usando sus piernas para apalancarse comenzó a saltar sobre su polla.

Sus pechos rebotaron libremente contra él y sus pezones lo llamaron cuando él se inclinó hacia adelante y comenzó a mamar.

Ella gimió y comenzó a saltar más rápido sobre su polla, impulsándose una y otra vez.

Sus labios estaban provocando a sus pezones, atrayéndolos y chupando, luego pasando su lengua sobre ellos y mordisqueando mientras se balanceaba con sus rebotes, gimiendo contra su piel, enviando vibraciones a través de sus mordiscos.

Su coño estaba tan mojado que la humedad le bajaba por la polla, y él gimió cuando ella intencionalmente apretó su raja a su alrededor, haciendo que él se resistiera más a ella.

Él los inclinó a ambos para que ella estuviera de espaldas nuevamente sobre la hierba y comenzó a golpear su polla con fuerza dentro y fuera de ella.

Samy gimió aún más fuerte, sus uñas rastrillando su espalda mientras otro fuerte empujón la hacía volver a su clímax.

El espasmo apretado alrededor de su polla rápidamente hizo que James se corriera también y él se estrelló aún más rápido contra ella, gruñendo cuando su semen caliente la llenó hasta que se derramó por sus muslos.

Cayó a un lado, jadeando.

Luego la atrajo hacia él, dejando besos suaves a un lado de su rostro.

"Ahora, ¿pasarán otros cinco años antes de que seas lo suficientemente valiente como para volver a hacer esto?"

Él sonrió y besó la comisura de sus labios.

"No jamás, James".

Samy sonrió y rozó sus labios contra los de él.

"Bien, porque no creo que pueda quitarte las manos de encima por más de un día o dos".

La risa de Samy resonó a través del lago, y James sonrió cuando se sentó y la besó profundamente.

Esto definitivamente podría ser el comienzo de algo muy interesante.

RECEPCIÓN INESPERADA

49

Glenn llega a casa después de un duro día de trabajo y deja su maletín y su abrigo junto a la puerta.

Él se encuentra que la casa está inusualmente tranquila pero no le presta demasiada atención y se dirige a la habitación.

Mientras sube las escaleras, huele el maravilloso aroma del perfume de su amada esposa Susan.

Cuando llega al rellano, oye unos débiles sonidos de música escapando levemente a través de la puerta de su habitación.

Asegurándose de no hacer ningún ruido, abre la puerta lentamente.

"¿Susan?" dice con una voz masculina bastante profunda.

A medida que la puerta se va abriendo cada vez más, la visión de su cuerpo desnudo acostado en la cama lo hace temblar.

"Si nene." ella dice en una voz sensual.

Él comienza a acercarse hacia la cama, pero ella le indica que se detenga.

Desconcertado, hace lo que le indica sabiendo que ella tiene algo en mente.

Ella se levanta de la cama.

Su cuerpo se mueve con mucha gracia.

No puede evitar estar fijo en su delicioso pecho moviéndose ligeramente mientras ella camina hacia él.

Siente que su polla se endurece cuando pasan por sus pensamientos "Ella es tan hermosa".

Ella extiende sus manos y le desabrocha el cinturón.

También los pantalones, los desabrocha y se los baja.

Esto lo hace temblar de emoción.

Como ella lo ve tan emocionado, se sonríe y tira de sus boxers hacia abajo con una necesidad hambrienta de chupar su miembro duro.

Ella coloca suavemente sus manos sobre su ahora erecta polla, acariciándola lentamente.

Luego saca la lengua y lame la cabeza antes de colocársela en su boca.

Él gime cuando ella comienza a chupar su polla dura.

Moviéndola hacia dentro y hacia fuera de su boca cada vez más rápido.

Luego vuelve lentamente a un ritmo bajo y gira su lengua alrededor de la cabeza mientras lo acaricia con la mano.

Él gime mientras su mano acaricia la cabeza rosada de su polla.

Luego lame sus bolas hasta la punta de su polla.

Ella se lo saca de su boca y se levanta para besarlo apasionadamente mientras le quita la camisa.

Él envuelve sus cálidos brazos alrededor de ella, acercándola a él, sintiendo sus senos presionados contra su pecho.

Mientras se besan, sus manos corren por su cuerpo sintiendo su piel suave bajo las puntas de sus dedos.

Sus manos se mueven sobre su trasero y lo aprieta con fuerza.

Él la levanta por el culo envolviendo sus piernas alrededor de su cintura y se mueve hacia la cama.

Él la acuesta suavemente y se mueve encima de ella.

La besa profundamente bajando hasta su cuello y pecho.

Lentamente lame alrededor de su seno derecho cada vez más cerca de su, ahora, pezón erecto.

Él coloca su pezón en su boca y lo chupa mordiéndolo suavemente.

Moviéndose hacia el otro seno, él se agacha y comienza a frotar su clítoris, lo que hace que ella aumente su respiración y comience a gemir ligeramente.

Él frota más rápido mientras besa su estómago enfocándose en su ombligo.

Ella siente que se moja mucho y su respiración se acelera.

Él besa su lindo montículo y luego reemplaza sus dedos con su lengua.

Chupando y mordiendo suavemente su clítoris.

Esto la envía a una ola de placer, gimiendo.

Luego inserta un dedo que pasa por los labios de su coño hinchado hacia ese lugar secreto y resbaladizo.

Él desliza su dedo dentro y fuera lentamente y luego se apresura insertando otro dedo más mientras ella gime.

Él continúa concentrándose en chupar su clítoris mientras sus dedos golpean preciosamente ese lugar tan especial en su interior que sabe que la vuelve absolutamente loca.

Ella gime en voz alta y siente un hormigueo desde la pierna derecha hacia arriba y alrededor de su cuerpo y que sale hacia su pierna izquierda.

"¡Oh bebe!" ella gime, "¡Eso se siente tan bien!"

Glenn sabe que, si continúa así, ella definitivamente irá al límite, por lo que se ralentiza y besa su cuerpo de regreso para devorar su boca.

Comparten un beso apasionado.

Sus lenguas bailando juntas.

Quitando sus dedos de su coño ahora empapado, comienza a masajear su seno derecho.

Sus gemidos reprimidos por los besos.

El beso se rompe y ella le susurra al oído:

"Te necesito dentro de mí, cariño".

La mención de su polla dura deslizándose en el coño mojado de su amada lo hace gruñir de lujuria y se mueve encima de ella.

Abriendo sus piernas con sus caderas, se posiciona para entrar en ella.

Jugando con ella, inserta solo la cabeza y luego se retira lentamente.

"Por favor dámelo todo." ella le suplica, pero él prevalece y sigue el ritmo del juego metiendo solo la punta y retirándola cuando ella comienza a gemir.

Finalmente, en un punto inesperado, conduce a su miembro duro hasta el final para hacerla chillar.

Él comienza a empujar dentro y fuera de ella lentamente con golpes largos y duros.

Él comienza a acariciar más fuerte y más rápido tirando de su trasero para una penetración más profunda.

"Oh, Dios, te sientes tan bien dentro de mí. Te amo tanto cuando follas mi coño".

A esto gruñe y se retira de repente.

Él le hace un gesto para que se dé vuelta y ella lo hace rápidamente con un salto de emoción.

Él sabe que entrarla por detrás es una de sus posiciones favoritas y también a él le encanta dárselo así.

Él le inserta su polla y comienza a empujar duro y rápido.

Ella gime en voz alta, diciéndole más fuerte.

Le encanta follar a su encantadora esposa, así que comienza a ser más duro con ella.

Su cuerpo y bolas golpeando contra su culo ahora rojo.

Ella comienza a empujar de vuelta a sus empujes, haciendo que su polla se introduzca aún más adentro.

Ambos gimen de placer.

"Oh, me voy a correr, nena. ¿Estás lista para mi leche?"

"Oh, sí bebé, yo también me voy a correr".

Unos cuantos golpes más y Susan grita de placer y su cuerpo comienza a temblar cuando su orgasmo la está abrumando.

Glenn siente que las paredes de su coño comienzan a ordeñar su polla y ya no puede aguantar más.

Gruñendo su nombre, él dispara su esperma caliente profundamente dentro de su coño ahora cremoso y húmedo.

Susan, exhausta por su explosión, descansa sobre sus codos cuando siente que le arroja unos chorros más de semen dentro de ella.

Satisfecho, e intentando no caerse sobre ella, se retira lentamente de su coño y la agarra por la cintura tirando de ella hacia la cama con él.

Se miran a los ojos, ambos nublados por los poderosos orgasmos que acababan de atravesar sus cuerpos hace apenas unos segundos.

Una satisfacción de conocimiento mutuo persiste en la habitación mientras los dos se duermen en los brazos del otro.

INSATISFECHA

55

Es una mañana fresca.

Tengo que ir al trabajo, pero no tengo ganas de levantarme.

Acostada aquí, pienso en amarte.

Puedo ver tus ojos mirándome, sonriéndome.

Ya puedo sentir el calor acumulándose en mi entrepierna.

Deslizo mi mano suavemente sobre mis senos como si tus ojos la siguieran.

Mis pezones responden de inmediato, endureciéndose.

Levanto el seno para chupar un pezón suavemente en mi boca.

Siento tus labios cerrarse alrededor del otro pezón y un gemido profundo escapa de mis labios.

Siento el jugo cuando comienza a deslizarse hacia abajo desde el interior de mi coño.

Muevo mis manos alrededor de mi estómago y luego hacia mi abdomen, imaginando tus manos tocándome.

Lentamente deslizo mi dedo medio en la humedad y el calor.

Aprieto mi dedo como si tu polla estuviera enterrada en lo más profundo de mí.

Deslizando mi dedo dentro y fuera, mis caderas comienzan a moverse en un movimiento circular.

Siento a mi dedo queriendo más de la sensación que se está creando.

La palma de mi mano ha atrapado el jugo que ahora sale de mi coño.

Lamo el dulce sabor de mi palma y deslizo mi largo dedo en mi boca imaginando que es tu deliciosa polla.

Lentamente rodeo la punta de mi dedo con la lengua como si fuera la cabeza de tu polla.

Muevo mi lengua a lo largo de mi dedo, girando todo alrededor para atrapar cada pedazo de jugo.

Cierro los labios con fuerza en la base de mi dedo y deslizo mi boca hasta la punta y empiezo a trabajar con mi lengua alrededor de la parte superior de mi dedo.

¿A qué te imaginas que tu polla está enterrada en mi boca?

Observando cómo mi cabeza se mueve hacia arriba y hacia abajo, succionándote profundamente en mi garganta con los músculos de mi boca trabajando.

Te estoy chupando la polla y puedes sentir mi lengua y mi boca chuparte igual que yo siento como si hubieras chupado mis pezones.

Mi lengua se mueve por todos lados, mis labios húmedos moviéndose constantemente con la necesidad de chuparte más fuerte, más rápido, y más profundo.

Estoy muy excitada ante la idea de sentirte enterrado en mí.

Tomo mi dedo y lo deslizo nuevamente dentro de mi coño, asegurándome de que esté empapado.

Saco mi dedo y lo froto por toda mi raja y lo sumerjo nuevamente para obtener más humedad.

Esta vez froto también mi apretadito agujero trasero.

Lentamente deslizo un dedo dentro y el orgasmo es inmediato.

Me encantaría que me follaras con los dedos y la polla al mismo tiempo.

Me encanta la idea de ser llenada por ti.

Ruedo sobre mi estómago y comienzo a trabajar mi clítoris con ambas manos.

Moviendo mis manos hacia mi estómago, presionando firmemente sobre mi dulce montículo.

Me follo con las manos hasta que siento que esa sensación comienza.

La sensación comienza en el fondo y me hace apretar mientras me voy a correr de nuevo.

Muevo mis caderas más rápido, mis pies se encogen por la necesidad de explotar adentro mientras me follo con los dedos.

Un gemido largo, profundo y gutural se escapa cuando llego al clímax completamente y exploto.

Agotada, me acuesto de espaldas, pienso en lo que acabo de experimentar y me encuentro excitada de nuevo.

Me sigo preguntando "¿qué es este hechizo que tienes sobre mí"?

Ningún hombre me ha excitado tanto como tú.

Te veo en mi mente, el hombre cariñoso y sexy que eres.

Puedo sentir tus suaves y dulces labios sobre los míos.

La forma en que tu lengua sedosa esboza mis labios y el suave mordisco de tus dientes.

La forma en que tu lengua se desliza profundamente en mi boca y prueba el hambre que tengo para ti.

La forma en que tu lengua rodea la mía y el dulce intercambio de tu saliva se mezclan con la mía.

Puedo sentir tu boca caliente mientras se mueve hacia mi oído y el calor de la punta de tu lengua cuando se lanza rápidamente dentro.

El suave susurro de mi nombre trae una oleada de esperma justo dentro de mi dulce coño y tu boca se mueve hacia mis pezones duros y erectos.

Lentamente, tu lengua rodea mi pezón izquierdo y soplas tan suavemente.

Cierras la boca sobre mi dureza reactiva y gimo.

Mi mano derecha comienza a deslizarse sobre mis pezones y levanto el seno izquierdo hacia mi boca para chupar suavemente el pezón, imitando cómo se sentiría tu boca.

Lentamente, mis dedos se deslizan sobre mis costillas hacia mi abdomen y los dedos largos y delgados de mi mano llegan a mi dulce clítoris.

Suavemente, las puntas rozan el botón y mi dedo medio se desliza dentro hasta el primer nudillo para sentir la humedad que se ha acumulado allí.

Deslizo el dedo profundamente para liberar tu semen y atrapar el jugo de miel en la palma de mi mano.

Lamo el jugo de mi palma, saboreando el sabor y el olor del sexo.

Deslizo mi dedo medio, justo hasta el primer nudillo, en mi boca, imaginando que es la cabeza de tu polla.

Lentamente, mi lengua da vueltas, de nuevo probando el jugo y sé que es tu leche preseminal lo que estoy saboreando en mi lengua.

Mi boca caliente y húmeda se desliza por mi dedo, como si fuera tu miembro caliente e hinchado.

Mi boca se cierra completamente y se desliza hacia arriba hasta la punta mientras mi boca apretada chupa solo la cabeza imaginada de tu polla sedosa.

A medida que cojo el ritmo de follar mi dedo en mi boca, casi puedo sentir la tensión en tus bolas cuando el semen comienza a elevarse.

En este mismo pensamiento, siento que la humedad se desliza fuera de mi coño y sé que tengo que follarme.

Ruedo rápidamente sobre mi estómago, mis manos buscan mi coño.

Los presiono con fuerza contra mi montículo, las yemas de los dedos encuentran mi clítoris.

Mis caderas comienzan a girar lentamente, dando vueltas y vueltas a medida que mis músculos de pies y piernas comienzan a tensarse y mis dedos trabajan mi dulce coño.

Te veo entrar por detrás y me imagino tu polla, empapada con mis jugos y brillando en la humedad mientras se desliza dentro y fuera de mi coño.

Oh, joder, estoy tan jodidamente excitada mientras mis dedos y palmas presionan fuerte ... lo más duro que pueden mientras llego al clímax.

Mis pies y piernas están apretados, mi cuerpo se estremece por la intensidad.

Me giro sobre mi espalda imaginando tu dulce y palpitante polla dentro de mi coño sediento de semen.

Los músculos de mi coño continúan apretándose como si estuvieran chupando el semen de tu polla.

Y entonces sí, casi puedo sentir esa lengua caliente tuya mientras se desliza hacia arriba y hacia abajo por mi raja.

Tu boca se cierra sobre los labios de mi coño y el rápido movimiento de tu lengua que me hace correrme en tu boca.

Y te levantas, a horcajadas sobre mi cuerpo y deslizas tu polla empapada de esperma en mi boca.

Saboreo el sabor de nuestros jugos mezclados mientras chupo y lamo limpiamente.

Me desplomo sobre la cama, mi cuerpo todavía tiembla y hormiguea.

Qué sentimiento tan maravilloso haces que sienta contigo.

FIN

61

Don't miss out!

Visit the website below and you can sign up to receive emails whenever Erika Sanders publishes a new book. There's no charge and no obligation.

https://books2read.com/r/B-A-IGGS-DUTOC

BOOKS 2 READ

Connecting independent readers to independent writers.